L'egyptologie

Gaston Maspero

LES ÉTUDES ÉGYPTOLOGIQUES

L'Égyptologie est née en France ; CHAMPOLLION le Jeune (1790-1832) en fut le fondateur, et, pendant un certain nombre d'années, cette science demeura exclusivement française. L'histoire de ses commencements se trouve écrite dans le rapport que M. DE ROUGÉ adressa, à propos de l'Exposition Universelle de Paris, en 1867, à Victor DURUY, alors ministre de l'Instruction publique : je ne reviendrai pas sur les faits antérieurs à cette date.La génération d'égyptologues français qui avait succédé à celle de CHAMPOLLION et qui, avec Théodule DEVÉRIA (1831-1871), Emmanuel DE ROUGÉ (1811-1872), MARIETTE PACHA (1821-1881), CHABAS (1817-1882), avait déblayé vigoureusement les abords du terrain, commençait alors à disparaître sous la poussée d'une génération nouvelle. Tous les savants qui l'illustrèrent avaient travaillé isolément, chacun dans une direction différente : E. de Rougé à Paris, où il avait constitué, d'une manière presque définitive, la grammaire pour l'oeil des documents de la seconde époque thébaine, Chabas en province, à Chalon-sur-Saône, où il s'était appliqué surtout au déchiffrement des textes, Mariette à l'étranger, dans l'Égypte même, où, aidé par moments de Devéria, il s'était livré à l'exploration du sol, à la copie des inscriptions, au dégagement des grands monuments et où il avait fondé le service des Antiquités. La génération suivante s'occupa de régulariser la Science et de la mettre, une fois pour toutes, en possession des instruments nécessaires à la formation des générations futures. Elle se composait des hommes élevés à l'école d'Emmanuel de Rougé, Jacques DE ROUGÉ son fils, Paul PIERRET, Paul GUIEYSSE, Eugène LEFÉBURE, et bientôt du groupe qui se rassembla autour de Gaston MASPERO.

J. DE ROUGÉ, qui se voua à la publication des oeuvres laissées malheureusement inachevées par son père, renonça de bonne heure à l'étude, après y avoir débuté brillamment par un mémoire sur les textes géographiques du temple d'Edfou, dont un livre sur les nomes de la Basse-Égypte compléta plus tard les données. Pierret, longtemps conservateur du Musée égyptien du Louvre, travailleur consciencieux mais lent et rare dans son activité, compila un petit Dictionnaire d'Archéologie (1875) et un Vocabulaire Hiéroglyphique (1871-1875), qui ont rendu pendant longtemps des services réels aux étudiants ; de préférence, il oscilla sa vie durant entre la mythologie et la traduction avec commentaires des Inscriptions de son Musée, publiant d'une part la première traduction française du Livre des Morts (achevée en 1882), d'une stèle éthiopienne inédite et de divers manuscrits religieux (1873), de l'autre, ses deux Recueils d'Inscriptions inédites du Musée égyptien du Louvre (1874-1878). LEFÉBURE, esprit mystique et entraîné toute sa vie du côté du spiritisme ou de l'occultisme, a posé et résolu en partie les problèmes divers que soulèvent les religions égyptiennes. Ses Mémoires sur les Hymnes au Soleil composant le XVe Chapitre du Rituel funéraire (1868) et sur le Mythe Osirien : les yeux d'Horus (1874), Osiris (1875), sont encore pénétrés des idées de Max Müller sur la formation des mythes, mais l'étude des croyances sauvages et des superstitions populaires le ramena promptement à des doctrines plus saines, qu'il exposa dans une multitude d'articles dispersés à travers une demi-douzaine de revues différentes, les Mélanges d'Archéologie (1871-1878), le Recueil de travaux, les Transactions et les Proceedings de la société d'Archéologie biblique de Londres, la Zeitschrift für Aegyptische Sprache de Berlin, le Bulletin de l'Institut égyptien, les Annales du Musée Guimet, et surtout le Sphinx d'Upsala en Suède.

Successivement maître de conférences à la Faculté des Lettres de Lyon (1878-1881, puis 1883-1884 et 1885-1886), directeur de la Mission archéologique du Caire (1881 et 1883), suppléant de M.

MASPERO au Collège de France (1884-1885), maître de conférences à l'École supérieure d'Alger (1887-1908), Lefébure s'enferma dans un enseignement très technique et s'isola si complètement du reste de l'École, que, malgré sa connaissance approfondie des textes religieux et ses mérites sérieux de finesse et de clarté, il demeura presque sans influence sur le développement de l'Égyptologie. Le seul de ses nombreux écrits qui ait conquis la notoriété, les Hypogées royaux de Thèbes : t. I, le Tombeau de Séti Ier (1886) et t. II-III, Notices des Hypogées (1889), peut se comparer aisément, pour l'exactitude des copies, aux recueils de Lepsius, de Mariette, de Dümichen et de Rougé. GUIEYSSE, qui avait débuté dans la vie scientifique comme collaborateur de Lefébure, et qui avait essayé d'établir l'édition critique du Chapitre LXIV du Livre des Morts (1876), fut enlevé promptement à l'Égyptologie par la politique. Quoiqu'il soit resté attaché à l'École des hautes études comme maître de conférences et comme directeur d'études adjoint de 1880 à 1914, date de sa mort, il n'a pu nous donner que de rares études sur des points de détails : il allait se remettre tout entier à la recherche scientifique lorsqu'il disparut.Quel que fût leur mérite, les travaux de ces savants manquaient encore de coordination ; M. MASPERO groupa en un faisceau compact les forces qui s'assemblaient autour de lui. Mis en lumière dès sa sortie de l'École normale par deux Mémoires : Essai sur l'inscription dédicatoire du Temple d'Abydos (1867) et la Stèle du Songe (1868) puis, nommé, en 1869, répétiteur du cours d'archéologie égyptienne à l'École pratique des hautes études, que Victor Duruy venait de fonder, M. Maspero avait réuni à son cours une dizaine d'auditeurs sérieux :

Adrien DE LONGPÉRIER, le fils du savant alors connu ; l'abbé ANCESSI, qui mourut fort jeune après avoir publié trois brochures sur des Études de Grammaire comparée (1872-1873), sur Moïse et l'Égypte (1875), sur Job et l'Égypte (1877) ; Hyacinthe HUSSON qui avait déjà composé plusieurs écrits de mythologie ; Eugène GRÉBAUT ; puis, après la guerre, Maxence DE ROCHEMONTEIX, l'Américain William Berend, Eugène LEDRAIN qui quitta bientôt les hiéroglyphes pour l'hébreu, Urbain BOURIANT, Victor LORET, l'abbé AMÉLINEAU, Philippe VIREY.Le travail fourni par ce groupe fut très considérable dès le début, et devint plus considérable encore lorsque M. Maspero eut succédé à E. de Rougé dans la chaire de Champollion, comme chargé de cours (1873), et presque aussitôt après comme professeur titulaire (1874). Pendant que M. Maspero publiait des traductions largement commentées de textes hiératiques, Hymne au Nil (1869), une Enquête judiciaire à Thèbes au temps de la XXe Dynastie (1869-1871), du Genre épistolaire chez les anciens Égyptiens (1872) qui lui servit de thèse pour le doctorat ès lettres, Mémoire sur quelques papyrus du Louvre (1875) et, dans le Journal asiatique, les premiers des Mémoires dont l'ensemble constitua plus tard ses Études égyptiennes, il produisait des oeuvres de théorie grammaticale sur le Pronom personnel en égyptien (1869), sur les Formes de la conjugaison en égyptien antique, en démotique et en copte (1871), Sur la Formation des thèmes trilitères en égyptien (1880), et il abordait l'étude critique du démotique par ses Études démotiques (dans le Recueil de travaux, 1870, t. I) puis par ses recherches sur la Première page du roman de Satni transcrite en hiéroglyphes dans la Zeitschrift für Aegyptische Sprache (1877).

Son activité se portait aussi vers le domaine historique, et il écrivait successivement une thèse latine : De Carchemis oppidi situ et historia antiquissima (1872), des fragments d'un Commentaire sur le livre II d'Hérodote, qui, commencés pour l'Annuaire de l'Association des études grecques en 1875, furent poursuivis plus tard ailleurs, enfin une Histoire ancienne des peuples de l'Orient (1875) à l'usage des lycées, ouvrage qui devint bientôt populaire, fut réédité huit fois et traduit en plusieurs langues. Joignez à cette production d'oeuvres indépendantes une collaboration incessante à des journaux ou à des collections françaises ou étrangères, Gazette Archéologique, Records of the Past, Transactions et Proceedings de la Société d'archéologie biblique de Londres, Zeitschrift für Aegyptische Sprache de Berlin, Comptes rendus des Congrès orientalistes de Paris (1873) et de Florence (1878), The Academy, Journal asiatique, Revue Archéologique et surtout Revue critique, où, depuis 47 ans, il a rendu compte d'une bonne partie des oeuvres d'Égyptologie, parues en

France ou à l'étranger. Entre temps, l'enseignement de M. Maspero aux Hautes Études et au Collège de France portait ses fruits : une école française, imbue des mêmes principes et agissant sous une même impulsion, s'élevait dans la génération d'alors. Le premier qui se manifesta brillamment fut M. Grébaut, avec sa thèse pour le diplôme des Hautes Études intitulée Hymne à Ammon Râ des papyrus égyptiens du Musée de Boulaq (1875) que suivirent bientôt plusieurs articles, dont le plus important se trouve dans les Mélanges d'archéologie égyptienne (1875). Presque aussitôt après Grébaut, William Berend traduisit la brochure de Lepsius sur les Métaux dans les inscriptions égyptiennes (1877) et soumit à l'examen des juges sa thèse sur les principaux Monuments du Musée égyptien de Florence, dont la première partie consacrée aux Stèles, Bas-reliefs et Fresques a paru seule en 1882, imprimée avec luxe à l'Imprimerie Nationale :

malgré l'éclat de ce premier début, Berend renonça à la science sans esprit de retour, puis alla vivre et mourir en Suède. En passant, disons qu'il ne fut pas, tant s'en faut, le seul étranger qui suivit alors, pendant un trimestre ou deux, les cours de l'École des hautes études et du Collège de France : nous vîmes de la sorte se succéder sur les bancs, de 1875 à 1880, MM. Alfred Wiedemann, aujourd'hui professeur d'égyptologie à Bonn ; Ernesto Schiaparelli, à présent directeur du Musée de Turin ; Karl Piehl, mort en 1904, professeur de langue égyptienne à l'Université d'Upsal ; Edwin Wilbour, journaliste américain, qui apprit beaucoup, passa les vingt dernières années de sa vie alternativement en Égypte et en France, puis mourut à Paris en 1897 sans avoir rien publié. Néanmoins le fond de l'École resta français : l'on vit Rochemonteix inaugurer les études du berbère comparé à l'égyptien (1873-1876), et Eugène Ledrain, se dérobant à la vocation ecclésiastique, nous fournir comme thèse pour le diplôme de l'École des hautes études ses Monuments égyptiens de la Bibliothèque nationale (1879-1882).A ce moment l'École française était en pleine prospérité : M. Maspero en avait réparti les membres entre les domaines les plus variés, dirigeant MM. Loret, Bouriant et Virey vers l'interprétation des manuscrits hiératiques, M. GAYET vers l'archéologie païenne et chrétienne, l'abbé Amélineau vers le copte ; d'autre part, M. de Rochemonteix, détaché en Egypte de 1875 à 1878, y relevait les inscriptions et tableaux du grand temple d'Edfou. Il fallait à cette pléiade un moyen aisé de publication, un journal auquel elle pût confier ses travaux à mesure qu'ils se poursuivaient. Déjà, en 1869, l'éditeur Vieweg avait mis en circulation une revue dont il avait confié la préparation à M.Maspero, et dans le premier semestre de 1870, celui-ci avait lancé avec la collaboration de MM. E. de Rougé, Devéria, Pierret, un premier numéro qui avait pour titre :

Recueil de travaux relatifs à la philologie et à l'archéologie égyptiennes et assyriennes ; mais, la guerre survenant presque aussitôt, M. de Rougé l'avait remplacé chez le même éditeur par un nouveau journal, les Mélanges d'archéologie égyptienne et assyrienne, destiné à recevoir les productions de notre École en opposition à la Zeitschrift für Aegyptische Sprache de Berlin qui serait réservée aux Allemands. Après la mort de M. de Rougé, qui coïncida presque avec l'apparition du premier fascicule, ces Mélanges traînèrent péniblement sous la conduite d'un comité de rédaction, où figuraient MM. Jacques de Rougé, Pierret, Maspero, E. Revillout ; ils fournirent trois volumes de 1871 à 1878, date où le comité fut dissous et où les Mélanges furent remplacés par deux publications indépendantes l'une de l'autre, le Recueil de travaux, que M. Maspero ressuscita et dont il composa un second numéro en 1879, la Revue égyptologique que M. REVILLOUT édita depuis 1880 jusqu'à sa mort, en 1912.L'orientation de ces deux publications fut très différente. Tandis que le Recueil s'efforçait de faire oeuvre durable et d'embrasser le domaine entier de l'égyptologie, la Revue, plus irrégulière dans son allure, se consacra de préférence à la critique du moment, qu'elle exerça avec âpreté ; en fin de compte, elle devint presque entièrement l'organe exclusif de son directeur. Entré au Musée égyptien du Louvre en 1872, celui-ci s'était voué dès lors avec ardeur au copte, puis au démotique. C'est ainsi qu'il jeta rapidement sur la place, souvent en les autographiant pour marcher plus vite, ses Actes et contrats des musées égyptiens de Boulaq et du Louvre (1876), puis ses Apocryphes coptes du Nouveau testament

(1876), ainsi qu'un Mémoire sur la vie et les sentences de Secundus, et un autre sur le Concile de Nicée d'après les textes coptes et les diverses collections canoniques, qui furent insérés au Journal asiatique de 1872 à 1875 et ne furent complétés qu'en 1881 ; le tout sans préjudice d'une première étude sur les Blemmyes (1874) et de différentes notes sur l'archéologie funéraire copte, qu'il donna aux Mélanges.

Ce ne fut là, toutefois, que le moindre de sa besogne. Trouvant dans la riche collection du Louvre une masse alors incomparable de papyrus démotiques, il se livra avec fougue au déchiffrement de l'écriture cursive qu'il avait commencé sous M. Maspero et il en tira bientôt des résultats aussi neufs qu'importants : il y découvrit des contrats de mariage de différente nature, des contrats de location pour maisons et pour terres, des contrats de vente et d'achat, bref une masse d'actes juridiques du plus haut intérêt. Il forma ainsi deux Chrestomathies démotiques dont la nouvelle (1878) parut avant l'ancienne (1880) par une de ces bizarreries qui ne sont pas rares dans son oeuvre. En même temps il traduisait mot à mot le conte démotique de Satni, dont Brugsch avait donné une première interprétation dix années auparavant, mais il attendait plusieurs années encore avant d'y ajouter une introduction et de faire du tout un volume sous le titre : le Roman de Setna, étude philologique et critique (1877-1885). Ce fut sans préjudice d'une foule d'écrits moindres, publiés en brochures indépendantes ou disséminés dans les journaux français et étrangers, Journal asiatique, Revue Archéologique, Proceedings de la Société d'archéologie biblique, Mélanges, etc. Bref, il fit entièrement sa revue, à lui, de la Revue égyptologique, dont il avait produit le premier numéro en 1880 avec CHABAS et Henri BRUGSCH, et dont il remplit presque seul, les quatorze volumes parus de 1880 à 1912, avec ses articles et ses commencements d'articles inachevés sur le copte, sur le démotique et en dernier lieu sur quelques textes hiéroglyphiques.

L'École égyptologique prospérait en France, lorsque les changements provoqués par la mort de Mariette vinrent à la fois en élargir et en compromettre le développement.

Depuis l'année de l'Exposition universelle en 1867, qui marqua l'apogée de son crédit en Égypte, Mariette avait dû lutter sans relâche contre l'influence allemande rendue très forte par la victoire de 1870-71, contre la nonchalance et le désordre de l'administration égyptienne, et surtout contre la maladie qui se révéla mortelle pour lui dès 1872. Forcé de renoncer aux grandes fouilles qui avaient illustré les débuts de sa direction à Boulaq, il s'efforça du moins d'en publier les résultats principaux, et, aidé de MM. Louis Vassali et Émile Brugsch d'une part, de M. Maspero de l'autre, il donna toute une série de grands travaux : Abydos, (3 vol. 1869-1880), Dendérah (5 vol. 1869-1875), Deir-el-Bahari (1 vol. 1875), les Papyrus égyptiens du Musée de Boulaq (3 vol. 1870-1871), Karnak, étude topographique et archéologique (1 vol. 1875), Voyage de la Haute Égypte (2 vol. 1878), Monuments divers recueillis en Égypte et en Nubie (1 vol. 1871-1889). Il préparait de concert avec M. Maspero deux oeuvres plus importantes encore, dont les fragments ne furent édités qu'après lui, le Sérapéum de Memphis (1 vol. 1883) et les Mastabas de l'Ancien Empire (Paris, 1889), lorsque son état empira tellement que l'on craignit de le voir disparaître soudain, laissant vacante en Égypte une place que la France avait intérêt à conserver. Déjà, en 1873, M. Maspero avait proposé au gouvernement français de créer au Caire une école analogue à celle qui existait à Athènes pour l'étude des monuments grecs ; mais son projet avait été rejeté par M.

de Watteville. Il fut repris par M. Xavier Charmes et, à l'instigation de ce dernier, M. Alfred Rambaud, alors chef du cabinet de M. Jules Ferry, ministre de l'Instruction publique, décida, le 13 novembre 1880, M. Maspero à aller établir une Mission permanente au Caire.

J.F. CHAMPOLLION Le Jeune (1790-1832)

TABLEAU DE LÉON COIGNET

Celui-ci, après avoir prié M. Grébaut de le suppléer au Collège de France, emmena avec lui ce qu'il avait de mieux en ce temps à l'École des hautes études, MM. Urbain Bouriant et Victor Loret, auquel il adjoignit un arabisant, M. DULAC, et un dessinateur, M. BOURGOIN. Arrivé au Caire le 5 janvier 1881, il installa son monde dans une maison sise sur une des ruelles qui touchent le boulevard Mohammed-Ali et il le mit au travail, mais Mariette étant mort le 18 janvier, il fut nommé le 8 février suivant Directeur général des fouilles d'Égypte, malgré les démarches qu'entreprit M. de Saurma, Consul général d'Allemagne, pour faire attribuer la place à Henri Brugsch. En dépit de son transfert au service égyptien, M. Maspero n'en demeura pas moins le directeur réel de la Mission, bien que la direction apparente en fût confiée officiellement, d'abord à M. Eugène LEFÉBURE (1881-1883), puis à M. GRÉBAUT (1883-1886), et l'exploration de l'Egypte marcha désormais sous le contrôle complet de l'Égyptologie française. Elle progressa heureusement, malgré les embarras où nous jetèrent la révolution d'Arabi-Pacha en 1882 et une grande épidémie de choléra en 1883. Mariette, obéissant à l'esprit de son temps, avait surtout opéré des fouilles destinées à enrichir le musée de Boulaq ; M. Maspero pensa que le moment était venu d'organiser plus méthodiquement un Service des antiquités. Il divisa l'Égypte en 7 circonscriptions, et, comme les individus faisaient défaut pour composer un personnel compétent d'inspecteurs indigènes, il fonda à Boulaq une petite école d'Égyptologie (1882-1886) où il essaya d'en former six. Il tenta sans succès de soulager la collection du Caire en établissant à Alexandrie un musée gréco-romain.

Il poursuivit sur un plan méthodique le déblaiement et la consolidation des principaux temples d'Égypte. Enfin, il appela à l'entreprise des fouilles les étrangers que Mariette avait écartés systématiquement, et, tout en essayant de régler leur industrie au moyen d'une loi que le Ministère égyptien ne lui accorda pas, il favorisa de son mieux la création de l'Egypt Exploration Fund (1882) qui a depuis lors rendu tant de services au pays : bref, il s'attacha à faire oeuvre d'administrateur autant et plus que de savant, ainsi que son devoir envers l'Égypte l'exigeait. Cela ne l'empêcha point de fouiller pour le gouvernement égyptien les pyramides à inscriptions des Pharaons de la Ve et de la VIe dynastie à Saqqarah, Ounas, les deux Pioupi, Métésouphis (1881-1884), de découvrir à Gizéh une nécropole de la IVe dynastie (1882) et à Saqqarah, à Licht, à Dahshour (1883-1886) des cimetières de la Ve et de la XIIe, de pousser les travaux en Abydos auprès de la Chounêt-ez-Zebîb (1881-1886), de continuer le dégagement du grand temple d'Edfou (1884-1885) opéré par Mariette, de découvrir à Thèbes le puits où se cachaient les momies de Thoutmôsis III, de Sêtouî Ier, de Ramsès II, de Ramsès III, et trente autres de princes et de princesses illustres dans les annales égyptiennes (1881), d'entreprendre à Karnak des travaux de consolidation qui ne purent être menés bien loin faute d'argent (1884-1885), mais qui empêchèrent pendant quinze ans le désastre de la salle hypostyle, de commencer le dégagement du grand temple à Médinet-Abou (1885), et surtout d'organiser, à l'aide d'une souscription ouverte en France, l'expropriation de la partie du village de Louxor qui recouvrait l'édifice d'Aménôthès III, de Sêtouî Ier, et de Ramsès II ; grâce à cette opération, qui présenta des difficultés considérables (1882-1884), il réussit à débarrasser l'aire du temple des huttes qui l'encombraient, à l'exception de la petite superficie recouverte par la mosquée d'Abou'l-Haggag dans l'angle nord-ouest de la première cour, et à entamer le dégagement du monument ainsi reconquis (1884-1886).

C'est aussi avec l'argent provenant d'une souscription provoquée en France par le Journal des Débats, qu'il se mit à délivrer du sable qui l'étouffait le Sphinx de Gizéh (1886). Les résultats de son action ne purent être publiés par le gouvernement égyptien, faute de ressources, et ne parurent qu'en partie dans divers journaux scientifiques et dans quelques brochures isolées, Bulletin de l'Institut égyptien, Zeitschrift, Recueil de Travaux qui ajouta à son titre en 1881 la mention pour servir de Bulletin à la Mission archéologique du Caire, enfin aux Mémoires édités par cette Mission. Celle-ci, en effet, bien que n'ayant presque pas de fonds spéciaux, s'ingénia à mettre au jour les productions de ses membres, dans une série de volumes superbes, sous la direction de M. Maspero. Elles étaient de nature très variée : tandis que M. Maspero assignait aux arabisants de l'école la tâche de restituer sur le terrain la topographie du Caire de Makrîzî, et de recueillir la littérature populaire de l'Egypte moderne, il occupait les égyptologues à explorer les temples et les tombeaux thébains ou à rechercher dans les monastères du Said les pauvres débris de la littérature copte. C'est ainsi qu'on eut successivement, dans les premiers volumes des Mémoires, de Bouriant, Deux jours de fouilles à Tell-el-Amama, l'Église copte du tombeau de Déga, Rapport au Ministre de l'Instruction publique sur une Mission dans la haute Egypte (1884-1885),-de Loret, les Tombeaux de l'Amxent Amenhotep et de l'Amxent Khâmha, Quelques documents relatifs à la musique et à la littérature populaire de la haute Egypte,-de Lefébure, les trois volumes de ses Hypogées royaux de Thèbes dont j'ai déjà parlé,-de Virey, l'Étude sur un parchemin rapporté de Thèbes et le Tombeau de Rekhmarâ,-de Gayet, les Monuments coptes du Musée de Boulaq, Catalogue des sculptures et des stèles ornées de la salle copte,-d'Amélineau, ses Monuments pour servir à l'histoire de l'Église chrétienne, en deux volumes, allant du IVe au VIIe siècle.

Plusieurs de ces ouvrages ne furent imprimés qu'assez tard après leur composition, la mise en train ayant exigé du temps ; mais ils appartiennent tous à cette époque héroïque de la Mission. Ceux qui traitent de l'art copte méritent une attention particulière, car on avait dédaigné jusqu'alors les productions de la civilisation chrétienne de l'Egypte et on avait négligé de les recueillir systématiquement. M.

Maspero fut le premier à les rechercher, à en former un Musée distinct, et à en encourager la publication.Cependant, des raisons de santé ayant obligé M. Maspero à quitter l'Égypte le 1er juillet 1886, M. Grébaut, directeur de l'École française, lui succéda à la direction du Service des Antiquités, à partir du 1er juin de la même année, et, le 1er décembre, M. Urbain Bouriant, qui était l'un des conservateurs adjoints de Boulaq depuis 1883, le remplaça comme directeur de l'École, tandis que M. Georges DARESSY, élève de l'École, prenait le poste de M. Bouriant au Musée. Cette modification du personnel en Égypte ne changea rien à la situation générale : l'École continua à recevoir de M. Maspero l'impulsion directrice. Celui-ci, de retour à Paris, avait repris ses leçons à l'École des hautes études ainsi qu'au Collège de France, et il s'était occupé tout d'abord de réorganiser les cours désemparés momentanément par le transfert imprévu, au Caire, des meilleurs étudiants, et par la succession rapide, au Collège de France, de M. Grébaut (1881-1884), de M. Lefébure (1884-1885) et de M. Guieysse (1885-1886). L'ouverture, en 1883, de deux cours d'Égyptologie à l'École du Louvre, l'un pour l'égyptien ancien par M. Pierret, l'autre de littérature et de droit démotique par M. Revillout, sembla d'abord lui faciliter la tâche.

Tandis qu'il mettait en ordre les notes recueillies en Égypte et donnait rapidement au Recueil, dans les tomes III et suivants jusqu'au quatorzième, le texte et la traduction des écrits religieux contenus dans les Pyramides, réunis plus tard en un seul volume, sous le titre les Inscriptions des Pyramides de Saqqarah (1894), aux Mémoires de la Mission du Caire, les Momies royales de Deir el Baharî (t. I) et les Fragments de la version thébaine de l'Ancien Testament (t. VI), il préparait une génération nouvelle d'égyptologues qui, s'instruisant un peu au Louvre et beaucoup à l'École des hautes études, partaient ensuite pour le Caire, MM. BÉNÉDITE, Jules BAYET, Dominique MALLET, le père SCHEIL, BOUSSAC, CHASSINAT, LEGRAIN. Ce fut pour l'École française une période d'activité féconde, pendant laquelle nous eûmes des cours à Alger en 1886 pour M. Lefébure, à Paris pour M. Amélineau à l'École des hautes études (section des sciences religieuses), tandis que M. Victor Loret remplaçait M.

Lefébure comme maître de conférences à Lyon.Ces maîtres répandirent largement l'enseignement de la langue et de l'archéologie égyptiennes, et à ce moment, l'on vit paraître les thèses de M. Virey : Études sur le papyrus Prisse (1886) ; de M. GAYET, Stèles de la XIIe Dynastie du Musée du Louvre ; de M. Mallet, le Culte de Néith à Sais ; de M. PATURET, la Condition juridique de la femme dans l'ancienne Egypte ; de M. Amélineau, Essai sur le Gnosticisme égyptien.

L'antiquité égyptienne fut exploitée résolument dans toutes ses directions :

grammaire par Victor Loret, qui résuma, dans son Manuel de la Langue égyptienne, l'enseignement de ses maîtres et y ajouta ses propres observations ; histoire, par M. Maspero, Notes sur quelques points de grammaire et à histoire dans la Zeitschrift et dans le Recueil ; archéologie, par le même, qui condensait, dans son Archéologie égyptienne, les résultats de ses remarques sur les arts et l'industrie ; littérature hiératique, par le même encore, Contes populaires de l'Égypte ancienne, dont quatre éditions se sont suivies en moins de trente ans ; littérature démotique, par Revillout, Rituel funéraire de Pamonth, Cours de Droit égyptien, en nombreuses parties ; la Littérature chrétienne de l'Egypte grecque et copte, par Amélineau, dont j'ai déjà cité les ouvrages, et par Bouriant, dont les oeuvres furent insérées presque toutes dans les Mémoires de la mission, ainsi que celles du père Scheil. Rochemonteix mourait malheureusement à la fin de 1892, ayant eu à peine le temps de mettre en train son Temple d'Edfou, dont MM. Maspero, puis Chassinat continuèrent la publication jusqu'à nos jours (1892-1914) sans l'achever ; mais Gayet et Bénédite commencèrent, le premier le Temple de Louxor, le second le Temple de Philae. Dans le même temps, M. Maspero ne cessait pas d'analyser, dans la Revue critique, les livres qui y affluaient sur l'Égyptologie, de communiquer au Victoria Institute ses recherches sur les listes géographiques égyptiennes de la Palestine, et de développer, dans son Bulletin de la Revue de l'histoire des religions, ses théories sur la nature des mythes et des dieux égyptiens, qui prévalent depuis ce temps dans l'École. Ajoutons, pour être complet, quelques ouvrages de vulgarisation qui firent plus que beaucoup de mémoires scientifiques pour répandre le goût des choses du Nil dans le grand public : les Moines égyptiens d'Amélineau (1889), ainsi que les Lectures historiques de Maspero (1888) et que ses catalogues.

Déjà en 1883, il avait essayé de faire, du Guide du visiteur au Musée de Boulaq, un véritable manuel d'archéologie établi sur une collection ; son Catalogue du Musée égyptien de Marseille (1889) est construit sur le même plan, bien qu'avec des proportions plus restreintes. En Égypte, l'alliance étroite du Service des antiquités, sous M. Grébaut, et de la Mission du Caire, dirigée par M. Bouriant sous l'inspiration de M. Maspero, fut d'abord des plus heureuses. M. Bouriant, qui s'enfermait dans l'accomplissement de son devoir scientifique, publia au Journal asiatique, au Recueil de Travaux, aux Mémoires de la Mission, ses moissons de documents inédits et ses découvertes perpétuelles, Notice des monuments coptes du Musée de Boulaq, les Canons apostoliques de Clément de Rome, la Stèle 5576 du Musée de Boulaq et l'Inscription de Rosette, Notes de Voyage, Fragments de la version copte du Roman d'Alexandre, Actes du Concile d'Éphèse, l'Éloge de l'Apa Victor fils de Romanos, Fragments du texte grec du Livre d'Énoch et de quelques écrits attribués à saint Pierre. De son côté, M. Grébaut surveillait de près l'administration du Service des Antiquités, et poussant activement les fouilles, il continuait le déblaiement du temple de Louxor, engageait à fond celui de Médinet-abou, découvrait dans la seconde cachette de Deir-el-Bahari plus d'une centaine de momies appartenant à la famille souveraine des grands-prêtres d'Amon et à ses descendants, enfin il opérait heureusement, en 1890-1891, le transfert du Musée égyptien, de l'édifice étriqué de Boulaq au palais grandiose de Gizéh ; mais le parti qu'il crut bon de prendre dans la politique égyptienne motiva son retour en France, au cours de l'année 1892.Il eut pour successeur à la Direction générale des antiquités M. Jacques DE MORGAN, qui venait de se faire connaître par ses recherches archéologiques dans le Caucase russe et en Perse.

Le nouveau directeur s'occupa de son service avec activité, achevant le déblaiement de Médinet-abou, explorant avec soin les carrières de la haute Égypte et les environs d'Assoûan, reprenant les fouilles que M. Maspero avait commencées autour des Pyramides de Dahshour et y recueillant, en 1894-1895, les bijoux admirables de plusieurs princesses qui avaient vécu sous la XIIe dynastie. Une bonne part de ces travaux avait été accomplie avec la collaboration de la Mission permanente du Caire et mise au jour par elle, dans J. de Morgan-Bouriant, les Carrières de Ptolémaïs ; mais d'autres avaient été publiés indépendamment par le ministère égyptien, Catalogue des monuments et inscriptions de l'Egypte ancienne, t. I, de la Frontière de l'Egypte à Kom-Ombo ; et t. II, Kom-Ombo, première partie, puis Fouilles à Dahchour, mars-juin 1894, t. I. Des recherches particulières, absorbant M. de Morgan, imprimèrent toutefois à son esprit une direction différente, et, rompant avec la tradition établie par Champollion, lancèrent la science sur des voies nouvelles. Jusqu'alors les savants avaient discuté, sans résultat évident, la question de savoir si l'Égypte antique avait connu un âge de la pierre et s'il en subsistait des traces ; malgré la découverte opérée en 1869 par des savants français, ARCELIN, HAMY, François LENORMANT, sur la montagne qui surplombe Deir-el-Bahari, les avis demeuraient partagés à ce sujet, et les Égyptologues s'étaient si bien accoutumés à commencer l'histoire positive du pays à la fin de la IIIe dynastie, que M. PETRIE, ramenant au jour, pour la première fois, près de Haggadah et de Ballas, des vestiges nombreux d'une civilisation grossière, les attribuait non pas aux Égyptiens d'avant Ménès, mais à une race nouvelle apparue vers le temps du moyen empire.

M. de Morgan, reprenant les fouilles de Pétrie à Haggadah, et les étendant à d'autres localités du Saîd situées entre Assiout et Thèbes, montra qu'il s'agissait, en réalité, des générations antérieures à l'âge des grandes Pyramides. Presque simultanément M. Amélineau, creusant le sable dans les nécropoles d'Abydos, y découvrait dans la région d'Omm-el-Gaab, la mère des pots, les hypogées des rois de la

Ire, de la IIe et de la IIIe dynasties (1895). Cinq années durant, de 1895 à 1899, M. Amélineau exploita le site d'Abydos, aux frais d'une association d'amateurs français. Ces fouilles, les plus fécondes qu'il y eût en résultats nouveaux, furent publiées : par M. de Morgan, dans son ouvrage en deux volumes, Recherches sur les origines de l'Égypte, t. I l'Age de la pierre et des métaux, t. II Ethnographie préhistorique et le tombeau royal de Négadah ; par M. Amélineau, malheureusement avec un esprit critique insuffisant, dans une foule de rapports, de brochures ou de livres, qui se succédèrent de 1895 à 1910, les Fouilles d'Abydos, campagne de 1895-1896, les nouvelles Fouilles d'Abydos (1896-1897), les nouvelles Fouilles d'Abydos (1897-1898), et trois volumes in-4° sur les nouvelles Fouilles d'Abydos, et le Tombeau d'Osiris, monographie de la découverte faite à Abydos, en 1897-1898.La mission française avait pris une part importante aux travaux de M. de Morgan, mais employée par lui à des tâches secondaires, elle n'en tira pas de renom. M. Maspero en effet, forcé de surveiller les études qu'il avait entreprises pour son propre compte, avait renoncé à s'occuper d'elle pour le moment. C'étaient d'un côté son Histoire des peuples de l'Orient classique dont il avait donné une forme abrégée vingt ans auparavant et qui parut en livraisons de 1892 à 1900, de l'autre ce qu'il appela la Bibliothèque égyptologique.

Il avait remarqué, au cours d'une carrière déjà longue, que la plupart des oeuvres écrites par les maîtres de l'Égyptologie, depuis Champollion, étaient comme perdues dans des livres tirés à petit nombre d'exemplaires, ou dans des revues et des journaux disparus depuis longtemps : il résolut donc d'aller les rechercher où elles étaient et de les réunir dans une collection accessible à tous. C'était rendre service aux jeunes, qui ne se trouveraient plus exposés à présenter comme neuves des idées déjà vieilles, et aux anciens, dont on pouvait ainsi saisir aisément le travail et apprécier à sa juste valeur l'influence exercée au développement de la science. Ajoutez à cela une collaboration régulière au Journal des Débats destinée à populariser l'historiographie ancienne de l'Orient ; une partie des articles composés ainsi, non sans peine, a été réunie en volume vers

1907. Cependant l'assiduité ne faiblissait pas à l'École des hautes études et au Collège de France, dont MM. LACAU, MORET, Isidore LÉVY, le père DEIBER, l'abbé ERMONI, et vingt autres suivaient les cours. M. Mallet publiait son bel ouvrage sur les Premiers établissements des Grecs en Égypte. M. Chassinat achevait le premier volume de l'Édfou de Rochemonteix. M. Amélineau lançait l'un après l'autre ses Actes des Martyrs de l'Église copte, sa Morale égyptienne quinze siècles avant notre ère, études sur le papyrus de Boulaq N° 4, où il s'inspirait des remarques faites par M. Maspero à l'École des hautes études, son Essai sur l'Évolution historique et philosophique des idées morales dans l'Égypte ancienne, et la première partie fort peu personnelle de son Histoire de la sépulture et des funérailles en Égypte.

M. Loret composait sa Flore pharaonique. M. CHARDON amorçait son Dictionnaire démotique qu'il n'a point terminé. M. Legrain offrait comme thèse à l'École du Louvre le Livre des Transformations, et M. BOUDIER, les Vers égyptiens, métrique démotique, étude prosodique et phonétique des Poèmes satyriques, du Poème de Moschion et des papyrus à transcriptions grecques de Leyde et de Londres.A cette époque, M. de Morgan étant retourné en Perse avec une Mission du Ministère français, M. Victor Loret le remplaça en Égypte à la direction du Service des antiquités (juillet 1897), et il se voua tout entier aux fouilles. Elles furent heureuses à Saqqarah, où il fit sortir des sables la pyramide ruinée d'une reine Apet de la VIe dynastie, puis, autour d'elle, plusieurs tombeaux qui formèrent comme une Pompéi égyptienne, et surtout à Thèbes où, de 1898 à 1899, il découvrit les hypogées de Thoutmôsis Ier, de Thoutmôsis III, de Maharpiriou et d'Aménôthès II, où étaient renfermées les momies de onze des Pharaons et des princesses des XVIIIe, XIXe et XXe dynasties, en réalité le complément de la trouvaille opérée dix-sept ans auparavant à Deir-el-Bahari. Malheureusement sa direction, si brillante par certains côtés, ne dura que deux années, et le Ier novembre 1899, M. Maspero se voyait renvoyé par le Ministère des Affaires étrangères de France à son ancien poste de directeur du Service des Antiquités. Il porta tous ses soins sur l'administration, divisa le territoire entre onze inspecteurs indigènes aux ordres de deux inspecteurs en chef européens, remit l'ordre dans les finances, réprima de son mieux les fouilles illicites des marchands, prépara dès 1902 une loi sur les antiquités, qui ne fut promulguée que le 12 juin 1912 et que le système des capitulations l'empêcha d'appliquer aux Européens, provoqua, en dépit d'une opposition acharnée, la création de musées locaux à Ismaîliah (1908), à Éléphantine (1912), à Tantah (1913), à Miniéh (1914) et surtout à Assiout (1911-1914), organisa la protection de la région des Oasis (1909), et de 1907 à 1910 arma contre la destruction les temples de la Nubie que menaçait l'élévation des eaux du Nil, produite par le barrage d'Assouan, Debôt, Taffah, Kalabchéh, Dandour, Gerf-Hussein, Ouady es-Séboua, Derr, Ibsamboul.

D'autre part, se débarrassant de la tâche des fouilles sur les étrangers, il se chargea d'exécuter le déblaiement et la consolidation des principaux monuments de l'Égypte propre, Saqqarah, Abydos, el-Hibéh de la Grande Oasis, Dendérah, Assouan : il fit dégager à fond Karnak par M. Legrain, Gournah, Esnéh et Edfou par M. Barsanti, Deir-el-Médinéh par M. BARAIZE qui avait restauré déjà el-Hibéh. Les résultats de ses efforts sont consignés dans le Recueil de travaux, dans la Zeitschrift, dans les Comptes rendus de l'Institut égyptien, dans le Bulletin de l'Institut français d'Archéologie orientale du Caire, enfin dans les Annales du Service des Antiquités, fondées en 1899 par M. Loret et dont quatorze volumes ont paru de 1900 à 1915. Cette même période vit achever par ses soins le Kom-Ombo et les Fouilles à Dahchour de M. de Morgan, puis continuer le Musée égyptien, dont M. Grébaut avait émis quelques planches pour une première livraison en 1889, mais qui était demeuré suspendu ensuite jusqu'en 1900. Ces labeurs officiels n'arrêtèrent point les travaux personnels de M. Maspero ; mais sans renoncer de collaborer à la Revue critique, il ne cessa pas d'éditer la Bibliothèque égyptologique qui compte aujourd'hui près de quarante volumes ; il réunit dans trois livres différents intitulés Causeries d'Égypte (1906), Ruines et Souvenirs d'Égypte (1909) et Essais d'Art égyptien (1911), les articles de vulgarisation qu'il avait écrits pour le Journal des Débats, pour le Temps et pour diverses revues, inséra dans la Bibliothèque d'Étude des éditions critiques des Mémoires de Sinouhit (1908), de l'Hymne au Nil (1911) et des Instructions d'Amenemhait (1914), enfin composa pour la collection Ars una le traité Egypte (1912) où est exposée pour la première fois l'histoire complète de l'art égyptien, depuis ses origines jusqu'à sa disparition.

Presque en même temps que le Service des Antiquités, la Mission permanente du Caire avait changé de directeur, et, qui plus est, de condition. M. Bouriant, subordonné par ordre à M. de Morgan, puis à M. Loret, n'avait pas eu le loisir d'achever la préparation de son grand ouvrage sur Médinet-abou, ni de demander beaucoup d'activité à ses élèves ; il avait pourtant déménagé la Mission de la Maison Karcher dans l'édifice que l'architecte Ambroise, BAUDRY lui avait bâti aux frais du gouvernement français, dans la rue Soliman-Pacha, près du nouveau Musée égyptien. En s'établissant ainsi chez elle, la Mission avait perdu son nom et modifié son statut : elle était devenue l'Institut français d'Archéologie orientale du Caire et elle avait reçu la personnalité civile. Bouriant y ouvrit une imprimerie très modeste d'abord, mais au mois de septembre 1897, il fut frappé d'hémiplégie, et, après une sorte d'interrègne où Chassinat, alors membre de l'École, exerça ses fonctions, il fut mis à la retraite et Chassinat lui succéda comme directeur en 1898. Celui-ci par goût et par nécessité, développa fortement l'imprimerie et fit d'elle, pour la composition et pour le tirage hiéroglyphique, le premier atelier du monde. Il dirigea des fouilles importantes à el-Ghattah, près d'Abouroache, à Baouît, à Assiout, avec le concours des membres de l'Institut, GAUTHIER, GUILMANT, CLÉDAT, PIÉRON, GOMBERT, PALANQUE, BARRY, LESQUIER et des élèves de l'École d'Athènes détachés auprès de lui, JOUGUET et Gustave LEFEBVRE. Gombert périt malheureusement près de Tounah, mais les autres eurent le temps de mettre en ordre le résultat de leurs recherches.

Palanque, élève diplômé de l'École des hautes études, y avait présenté comme thèse un ouvrage sur le Nil à l'époque pharaonique. Clédat publia de 1904 à 1906 le Monastère et la Nécropole de

Baouît, GUILMANT, le Tombeau de Ramsès IX en 1907, MALLET, en 1909, le Kasr el-Agoûz, Chassinat avec Piéron et Gauthier (1906) les Fouilles d'El-Ghattah, et seul en 1910 le Mammisi d'Edfou. Joignez-y les Mémoires sur les fouilles de Licht, exécutées au temps de Bouriant par Gautier et JÉQUIER, les Monuments pour servir à l'histoire du Culte d'Atonou recueillis en 1893 par Bouriant, Legrain et Jéquier, mais mis au jour en 1903-1905 seulement, les travaux de Lacau, Fragments d'apocryphes coptes (1904), de DEIBER, Clément d'Alexandrie et l'Egypte (1904), de VERNIER sur la Bijouterie et la Joaillerie égyptiennes (1907), le Livre des Rois d'Egypte commencé par Gauthier en 1910 dont les trois volumes parus n'ont pas épuisé la matière, et vous aurez une idée de l'élan qu'il imprima à l'École dans le domaine égyptologique, car je n'ai pas à parler ici des publications entreprises dans les autres champs de l'orientalisme. La création du Bulletin de l'Institut français d'Archéologie orientale (1901), dont quatorze volumes sont là, fournit aux membres l'occasion de faire profiter le public de leurs recherches moindres, et celle de la Bibliothèque d'Étude (1908), dont six volumes sont déjà en vente, le moyen de préparer des éditions de manuscrits égyptiens ou coptes. Son activité fut ralentie vers 1905, 1906, 1907 par une campagne delà presse française d'Egypte qui, ne comprenant pas le rôle que jouait notre Institut dans le pays, prétendit le dépouiller du terrain qu'il possédait au profit d'autres établissements. Pour le soustraire aux attaques, il dut le transporter au quartier lointain de Mounira, sur un terrain où il donna asile à l'École de Droit français.

Il réussit à le faire dans des conditions très avantageuses, mais les soucis de l'opération et le trouble qu'elle jeta dans le recrutement arrêtèrent les fouilles importantes : le transfert dûment achevé, il envoya sa démission en janvier 1912 et fut remplacé en juillet suivant par M. Lacau, qui se consacra exclusivement aux fouilles et explora avec succès, en collaboration avec M. MONTET, la nécropole d'Abou-roache (1913-1914), par les soins de MM. DAUMAS et Jean MASPERO, les édifices de Baouît (1913), enfin en 1914, les koms d'Edfou par l'intermédiaire de MM. JOUGUET et COLLOMP (1914). L'impulsion donnée aux publications par M.

Chassinat continua de s'exercer pleinement pendant ces deux années encore. Elles ont vu paraître : Chassinat et Palanque, une Campagne de fouilles dans la nécropole d'Assiout (1911) ; Gautier, le Livre des Rois d'Egypte (t. III, 1913) ; COUYAT et Montet, les Inscriptions de la vallée de Hammamat(1914) : la plupart de ces travaux durent leur succès à la collaboration du Service des antiquités et de la Mission. Nulle part cette collaboration ne se montra plus intime et plus bienfaisante que dans ce qui regarde le Musée du Caire : elle facilita grandement l'impression des ouvrages publiés par celui-ci, et celui-ci à son tour fournit aux membres de la Mission les matériaux d'innombrables ouvrages. Lorsque, du 13 février au 13 juillet 1902, M. Maspero transporta la collection égyptienne de Gizéh au Caire dans l'édifice construit spécialement au Kasr-en-Nil pour la recevoir, sa lourde tâche ne fut point terminée : il fallait classer les objets par ordre de matières et de dates, aménager les salles d'exposition et la bibliothèque, cataloguer les séries scientifiquement et faire connaître le sens des plus importantes au grand public, toutes choses assez difficiles car, si le plan général des bâtiments avait été dressé, à la suite d'un concours international, par l'architecte français Dourgnon, l'exécution qui en avait eu lieu de 1897 à 1902 avait été entachée de malfaçons telles que l'on dut refaire presque immédiatement, de 1907 à 1915, toutes les terrasses en ciment armé et, par conséquent, modifier sans cesse à l'intérieur la disposition des salles.

Malgré ces remaniements perpétuels, M. Maspero crut de son devoir de donner au grand public un Guide du visiteur au Musée du Caire, qui, tout en faisant comprendre à celui-ci la nature, l'époque, la valeur historique, la signification civile ou religieuse des objets décrits, le préparerait à entendre et à goûter ce qu'il pourrait voir dans la haute Égypte : ce Guide, qui de 1902 à 1915 a eu quatre éditions françaises, cinq anglaises et une arabe, en tout environ quinze mille exemplaires, et dont M. Maspero a fait, selon l'idéal qu'il poursuivait, un traité d'archéologie illustré par les monuments qu'il avait sous les yeux, a été imprimé par l'Institut français d'archéologie. C'est ce dernier aussi qui pouvait seul exécuter dignement l'impression du Catalogue général des Antiquités égyptiennes du Musée du Caire, destiné aux érudits. Ce dernier avait été commencé du temps de M. de Morgan et de M. Loret, sur un plan un peu confus, par les soins d'une commission internationale de cinq membres que présidait un Allemand, M. Ludwig Borchardt. Arrivé trop tard pour remédier au désordre du plan, M. Maspero élargit du moins celui-ci, rompit peu à peu le cadre de la commission, et invita à participer à l'oeuvre tous les savants que leur bonne fortune amenait en Égypte ; enfin, en 1900, il obtint du gouvernement égyptien les fonds nécessaires pour bien éditer ce catalogue. Depuis l'année 1900, jusqu'à nos jours, plus de soixante volumes ou fascicules munis largement de planches ont paru, dont la moitié environ sont dus à la plume de savants français et de membres de l'Institut archéologique.

M. DARESSY, aujourd'hui secrétaire général du service, et dont l'oeuvre considérable avait été dispersée jusqu'alors dans des journaux scientifiques, Revue archéologique, Recueil de travaux, Bulletin de l'Institut égyptien, ouvrit la série en 1900, et la continua à quelques années d'intervalle par ses volumes de Dessins et de textes magiques, du Tombeau de Maherprâ et d'Aménophis II, des Momies royales de Deir-el-Baharî, des Figures de divinités égyptiennes. M. Lacau a publié les Cercueils du Moyen Empire (2 vol.), et le premier volume des Stèles de la XVIIIe dynastie ; M. Moret, les Cercueils de la XXIIe dynastie (2 vol.) ; M. Gauthier, les Cercueils des prêtres de Mentou ; M. Gaston Maspero, le premier volume des Sarcophages d'époque Saïte et Ptolémaïque ; M. Vernier, deux livraisons de Bijoux et d'orfèvreries que M. Daressy achèvera ; M. Bénédite, trois volumes sur les petits objets de toilette ; M. Legrain, trois volumes sur les statues provenant du fonds découvert par lui dans la favissa de Karnak ; M. Lefebvre, le Papyrus de Ménandre ; M. Jean Maspero, les Papyrus byzantins, en trois volumes dont le dernier est sous presse ; M. Chassinat, la Trouvaille des Grands-Prêtres d'Ammon de la XXIe dynastie, et d'autres sont prêts qui ont pour auteurs MM. MUNIER, Moret, Gauthier, Gaston Maspero. Je ne parle pas des collaborateurs étrangers, Reisner, Currelly, Elliot-Smith, et maint autre dont les presses de l'Institut ont eu également les volumes. La seconde des grandes oeuvres du Service égyptien, les Temples immergés de la Nubie en est sortie tout entière : Gaston Maspero, Rapports et Mémoires ; Gauthier, Kalabchèh, Amada et Ouady es-Sébouâ ; Roeder, de Débôt au Bab Kalabchéh et le premier volume de Dakkéh ; Blackmann, Derr et Bigéh.

Comme on le voit, ce ne sont pas les Français seuls qui tirent profit de l'imprimerie montée par la France auprès de l'Institut d'archéologie orientale.Si, en présence des succès remportés à l'étranger, ceux qui ont été obtenus par les Égyptologues demeurés en France pâlissent un peu, ils n'en ont pas moins été fort appréciables pendant la période de temps qui s'est écoulée depuis 1909 jusqu'en 1914. M. Victor Loret, à Lyon, n'a pas publié beaucoup d'oeuvres originales, mais son excellent enseignement nous a procuré plusieurs bons élèves dont le dernier venu, M. Montet, s'est distingué à l'Institut du Caire. M. Lefébure, mort à Alger en 1908, n'a guère écrit dans ses dernières années qu'un petit nombre de mémoires d'histoire religieuse qui seront recueillis dans le dernier volume de ses Oeuvres, mais M. Georges FOUCART, professeur d'abord d'Histoire ancienne à la Faculté des lettres de Bordeaux (1898-1906), puis d'Histoire des religions à la Faculté d'Aix-Marseille, après avoir soutenu en 1898 une thèse remarquable sur l'Ordre lotiforme, et prodigué beaucoup d'articles tant à la Revue archéologique qu'au Sphinx dont il est un des directeurs depuis la mort de Karl Piehl, a risqué un livre fort hardi et fort discuté, Histoire des religions et méthode comparative, qui a eu rapidement deux éditions (1912, 1913) : il est, depuis janvier 1915, directeur de l'Institut archéologique du Caire. Guieysse est mort en 1914, après avoir enseigné jusqu'au bout à l'École des hautes études, (section d'Histoire et de Philologie), et Moret y professe seul pour l'instant. Après avoir inséré plusieurs articles dans le Recueil de travaux, il avait choisi pour sujets de thèse l'histoire du roi Bocchoris qu'il écrivit en latin, De Bocchori rege, et le Caractère religieux de la royauté pharaonique (1902), adjoignant à ce dernier sujet comme complément le Rituel du culte divin journalier en Égypte (1902).

Il y ajouta de nombreux articles dans le Recueil, entre autres des observations importantes sur les Donations et les contrats funéraires dans l'ancienne Égypte, et un catalogue très détaillé des monuments égyptiens du musée d'Aix-en-Provence ; dans les Annales du musée Guimet, un catalogue de la partie égyptienne de ce musée (1908) ; enfin, dans le Journal asiatique, la première partie d'une critique dirigée contre les idées du commandant WEILL et intitulée Chartes d'immunité dans l'ancien Empire égyptien (1913). Entre temps, il a dissimulé dans la Revue de Paris et dans la Bibliothèque de vulgarisation, des articles destinés au grand public et qu'il a réunis en deux volumes sous les titres : Au temps des Pharaons (1904), Rois et Dieux d'Égypte (1911), et Mystères égyptiens. Son enseignement à l'École des hautes études a produit un élève, M. SOTTAS, qui, après quelques articles de moindre intérêt dans les Revues scientifiques, conçut en 1913 une thèse pour l'obtention du diplôme, la Préservation de la propriété funéraire dans l'ancienne Égypte ; c'est le début le meilleur qui ait été fait dans notre science depuis très longtemps. Comme M. Sottas, M. Weill est officier de carrière. Il débuta en 1898 par un article inséré au Journal asiatique, article que sa compétence sur les questions militaires rendait spécialement intéressant, l'Art de la fortification dans la haute antiquité égyptienne. Il se voua ensuite à l'étude du Sinaï, et après avoir pris la presqu'île même pour sujet de sa thèse, qui ne parut qu'en 1908, il édita préalablement le Recueil des inscriptions égyptiennes du Sinaï (1904). Il avait réservé son autre thèse à la recherche et à la discussion approfondie des monuments se rapportant aux rois de la IIe et de la IIIe dynastie (1908), quand, après s'être attaché pendant une année (1905) aux fouilles de Flinders Petrie, il s'associa au jeune A. J. REINACH pour faire des fouilles au bord du Nil.

Ils découvrirent ensemble à Coptos les premiers monuments connus de la VIIIe dynastie, et, tandis qu'A.-J. Reinach faisait le récit de leur campagne dans son Rapport sur les fouilles de Coptos (1909-1910), Weill publiait les Décrets royaux de l'ancien Empire égyptien, étude sur les décrets royaux trouvés à Coptos et sur les documents similaires d'autres provenances (1911), ouvrage qui, malgré ses fautes réelles et les critiques de Gardner en Angleterre, de Moret en

France, de Kurt Sethe en Allemagne, demeure des plus suggestifs. C'est surtout dans les Annales du Service des Antiquités que Lefebvre a consigné ses notes tantôt grecques, tantôt hiéroglyphiques, sur les monuments par lui recueillis au cours de ses inspections. Montet a multiplié les petits mémoires au Recueil, dans le Sphinx et dans le Bulletin de l'Institut. Jean Maspero s'est livré à de curieuses investigations sur les sources coptes et arabes de l'histoire d'Égypte et a présenté une thèse pour le diplôme d'élève de l'École des hautes études sur l'Armée byzantine d'Égypte (1911) [A l'heure où ces lignes sont écrites, MM. MONTET et LEFEBVRE sont aux armées ; MM. SOTTAS et WEILL ont été blessés au feu, le premier très grièvement ; M. A. J. REINACH a disparu depuis le mois d'août 1914 ; M. Jean MASPERO est tombé à Vauquois, le 17 février 1915, et le dessinateur de l'Institut d'archéologie, M. DAUMAS, a été tué à l'ennemi dès les premières rencontres de 1914 en Lorraine. L'Égyptologie, sous toutes ses formes, a payé largement son tribut à la patrie.]. C'est également à l'Egypte des derniers siècles que Jouguet, Lesquier et Gayet ont consacré, au moins en partie, leurs travaux.

Jouguet en écrivant sa thèse sur la Vie municipale en Égypte (1910) ; Lesquier par ses recherches sur l'Armée ptolémaïque (1911) et sur l'armée romaine d'Egypte, auxquelles il a ajouté en 1914 un essai plus bizarre qu'heureux de Grammaire égyptienne ; Gavel par l'Exploration des ruines d'Antinoé (1896), différentes notices sur les fouilles de cette même ville de 1898 à 1914. l'Art copte (1906), et de nombreuses brochures écrites un peu au hasard. Notons, en terminant, les deux ouvrages où M. Virey a résumé en 1909 la matière des leçons qu'il avait faites avec beaucoup de vigueur et d'impartialité à l'Université catholique de Paris sur la Religion égyptienne et où M. Jules BAILLET a exposé en détail vers 1912 ses idées sur la Morale.Telle est dans ses grandes lignes l'histoire du développement qu'a suivi, depuis l'Exposition universelle de 1867, l'Égyptologie française. Si l'on reprend un à un tous les hommes qui tenaient la scène au début de cette période, E. de Rougé, Chabas, Devéria, Mariette, on verra qu'ils sont morts ainsi qu'une partie de ceux qui les ont suivis. Berend, Rochemonteix, Bouriant, Lefébure, Revillout, Guieysse, Grébaut, Amélineau. Jacques de Rougé, Pierret, Auguste Baillet ne produisent plus guère. Gaston Maspero continue à travailler et à professer, mais l'âge de la retraite ne tardera pas à sonner pour lui. Malgré le dédain que beaucoup d'étrangers, qui n'ont fait ni plus ni mieux, affectent pour elle et pour une partie de son oeuvre, cette génération qui s'en va peut se rendre le témoignage qu'elle n'a point laissé péricliter l'oeuvre de Champollion. En France, elle a enseigné sans relâche au Collège de France, à l'École des hautes études, au Louvre ; elle a obtenu la création de chaires qui n'ont pas été toutes conservées, à Lyon, à Alger, à Bordeaux, à Aix-Marseille ; elle a recueilli l'oeuvre de ses devanciers et elle a préparé celle de ses successeurs.

En Égypte, elle a organisé le Service des antiquités et elle a si bien assuré la protection de celles-ci que toutes les nations européennes, et même l'Allemagne, ont dû lui reconnaître de ce chef un véritable droit de préséance ; et si, plus tard, pour des raisons de politique, elle est amenée à y renoncer, elle a créé au Caire une grande École qui est en état d'y perpétuer la tradition des recherches purement scientifiques. J'espère que, malgré les pertes cruelles qu'elle subit du fait de la guerre, la génération actuelle, la troisième depuis 1867, ne faillira pas à maintenir de toutes ses forces l'édifice que la deuxième a bâti : elle est jeune, pleine d'ardeur, animée d'un puissant esprit de critique, prête à tout entreprendre, et, lorsqu'elle pourra se réappliquer au travail, elle le fera avec les qualités d'énergie et de maturité qu'une crise aussi forte que celle qu'elle traverse en ce moment ne peut manquer de lui donner.

G. MASPERO.